图书在版编目（CIP）数据

我恶心的动物邻居. 1，蝙蝠 /（加）埃莉斯·格拉韦尔著；黄丹青译. —— 西安：西安出版社，2023.4
　ISBN 978-7-5541-6585-0

Ⅰ.①我… Ⅱ.①埃… ②黄… Ⅲ.①儿童故事—图画故事—加拿大—现代 Ⅳ.①I711.85

中国国家版本馆CIP数据核字（2023）第024608号
著作权合同登记号：陕版出图字25-2022-050

DISGUSTING CRITTERS:THE BAT
Text and Illustrations copyright © 2016 by Elise Gravel. All rights reserved. Simplified Chinese translation rights arranged with Painted Words Inc. through RightsMix LLC

我恶心的动物邻居 蝙蝠 WO EXIN DE DONGWU LINJU　BIANFU
[加]埃莉斯·格拉韦尔 著　黄丹青 译

图书策划 郑玉涵	**责任编辑** 朱 艳
封面设计 牛 娜	**特约编辑** 郭梦玉

美术编辑 张 睿 葛海姣
出版发行 西安出版社
地址 西安市曲江新区雁南五路1868号影视演艺大厦11层（邮编710061）
印刷 东莞市四季印刷有限公司
开本 787mm×1092mm 1/25 **印张** 12.8
字数 72千字
版次 2023年4月第1版
印次 2023年4月第1次印刷
书号 ISBN 978-7-5541-6585-0
定价 138.00元（共10册）

出品策划 荣信教育文化产业发展股份有限公司
网址 www.lelequ.com　**电话** 400-848-8788
乐乐趣品牌归荣信教育文化产业发展股份有限公司独家拥有
版权所有　翻印必究

我恶心的动物邻居

蝙蝠

[加] 埃莉斯·格拉韦尔 著
黄丹青 译

乐乐趣
西安出版社

亲爱的小朋友们,你见过这种看起来像"会飞的老鼠"的动物吗?

它就是**蝙蝠。**

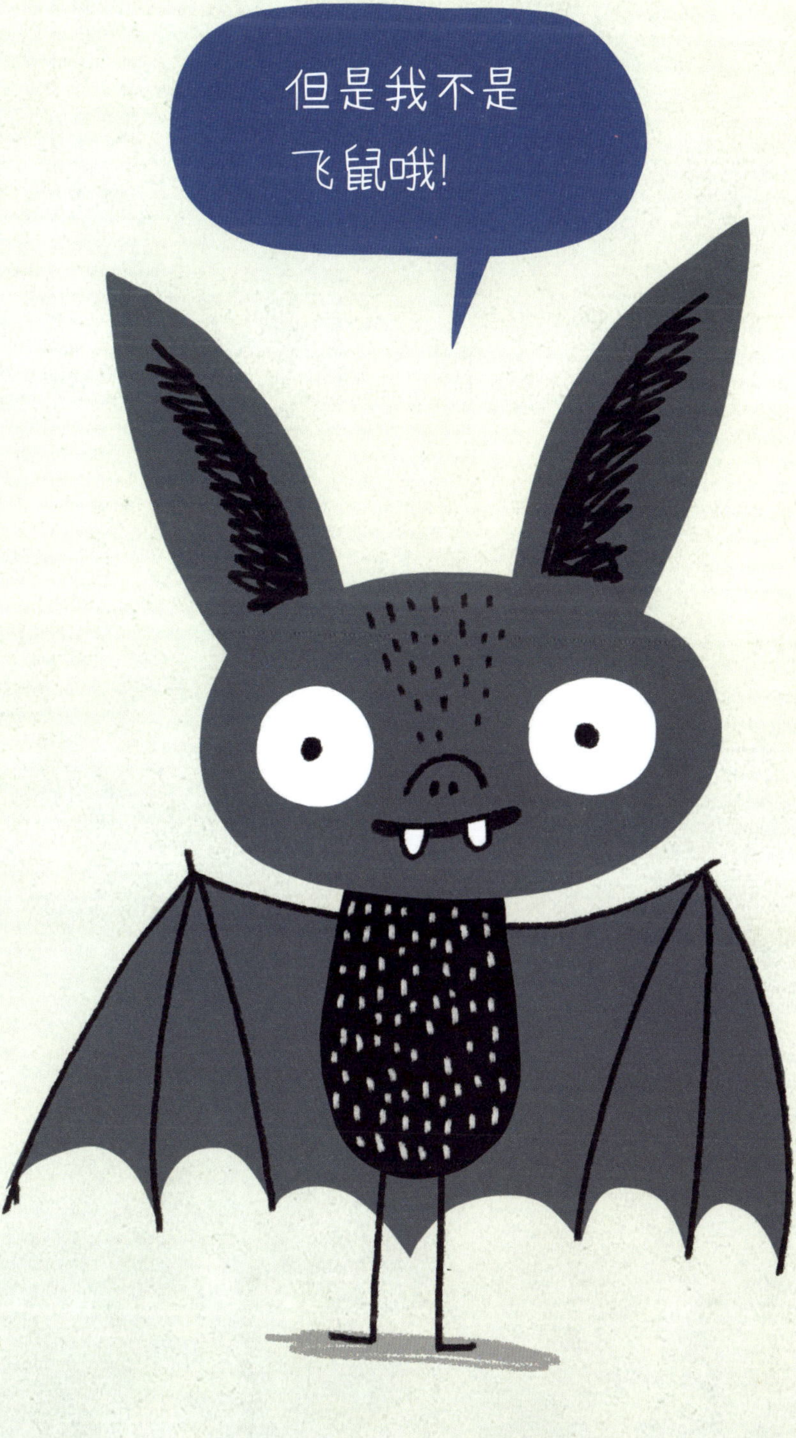
但是我不是飞鼠哦!

有些小型哺乳动物会滑翔，但蝙蝠是唯一会

飞翔

的哺乳动物。

哇，好棒啊！

哼，这不公平！

蝙蝠是翼手目动物。"翼"的意思是"翅膀",那么"翼手"的意思就是,蝙蝠的

翅膀

就是它的手。

这些像叶脉一样的东西,是它的

手指。

怎么样,厉害吧?有本事你也用你的小手飞飞看。

大拇指

蝙蝠种类繁多，全世界共有

900

多种。

世界上已知最小的蝙蝠体长不足3厘米；而最大的蝙蝠展开翅膀时，足足有1.8米那么宽！

> 别担心，我会保护你的。

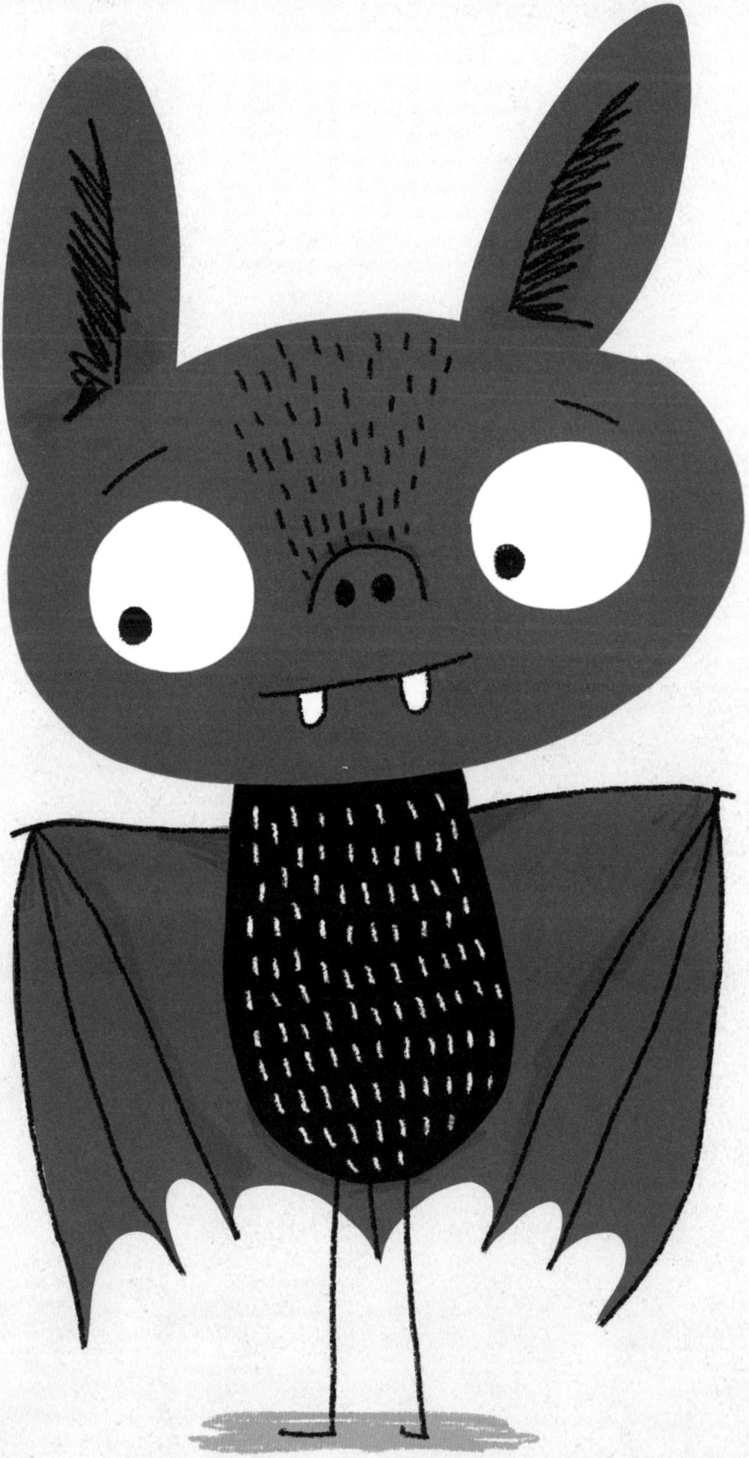

几乎在世界上所有地方，我们都能看到蝙蝠的身影。只有在极其**寒冷**的极地和少数与大陆隔绝的岛屿上没有蝙蝠。

> 我可一点儿都不喜欢冬季运动！

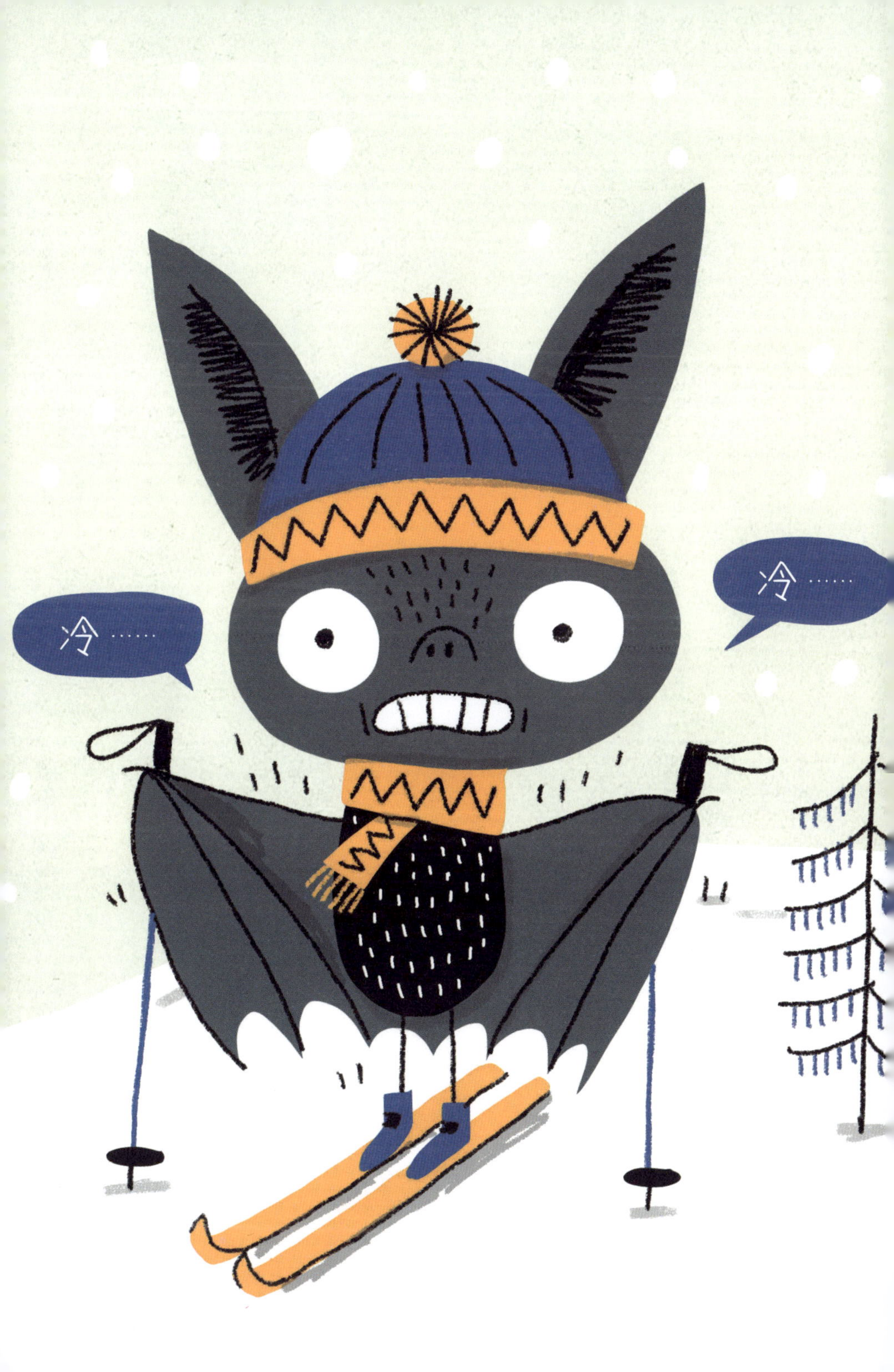
冷……
冷……

大多数蝙蝠以捕食**昆虫**为生。

救命啊!

有一些蝙蝠更喜欢吃水果。

别害怕，我吃素。

那就好！

还有些蝙蝠靠吃鱼、青蛙，或者吸食动物的血液来填饱肚子。

蝙蝠是群居动物。为了躲避敌人、养育宝宝，它们一般在洞穴、屋顶或谷仓里休息。它们常常白天睡觉，晚上出门。它们睡觉的时候总是喜欢倒挂着。

糟糕！我的玩偶掉了！

在冬天，蝙蝠会

冬眠。

它会降低自己的体温，这样冬眠时就能保存能量了。

呼噜噜……

喂，你打呼噜太吵啦！

因为蝙蝠是

哺乳动物，

所以蝙蝠妈妈不下蛋。她一年只产一窝，一窝通常有1~4个宝宝。蝙蝠宝宝出生时全身粉粉的、光溜溜的。它们一个月大的时候就学会飞翔了。

看呐，妈妈！我会飞，我会飞了！

你真棒,宝贝!

这小家伙长得可真快!

蝙蝠使用

回声定位

来寻找方向和捕捉猎物。也就是说,蝙蝠"发射"超声波,超声波遇到障碍物会反射,折回到它的耳朵里,提醒它前方有东西。多亏了这个绝妙的本领,蝙蝠在黑暗中飞行不仅不会撞到障碍物,还可以捕获自己看不到的猎物。

太酷了！你能给我露一手吗?

蝙蝠看似有点儿令人

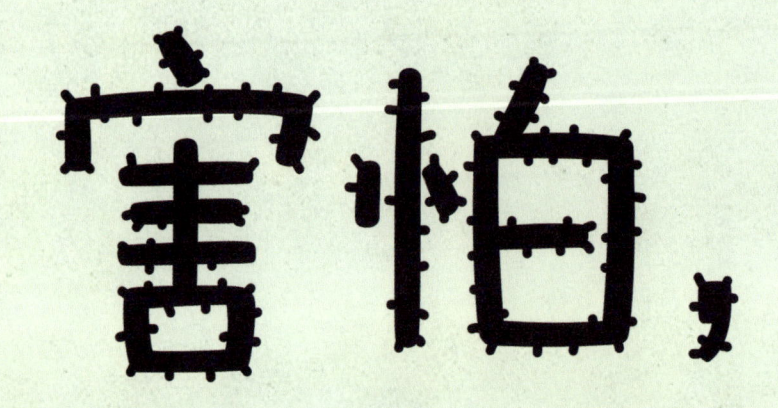

害怕，

但其实它并不危险。不过，如果我们惹恼它，它也会咬人，我们还可能因此感染上狂犬病。所以我们最好离它远一点儿。

> 我真的不想咬你！人类不好吃，我还不如吃苍蝇呢。

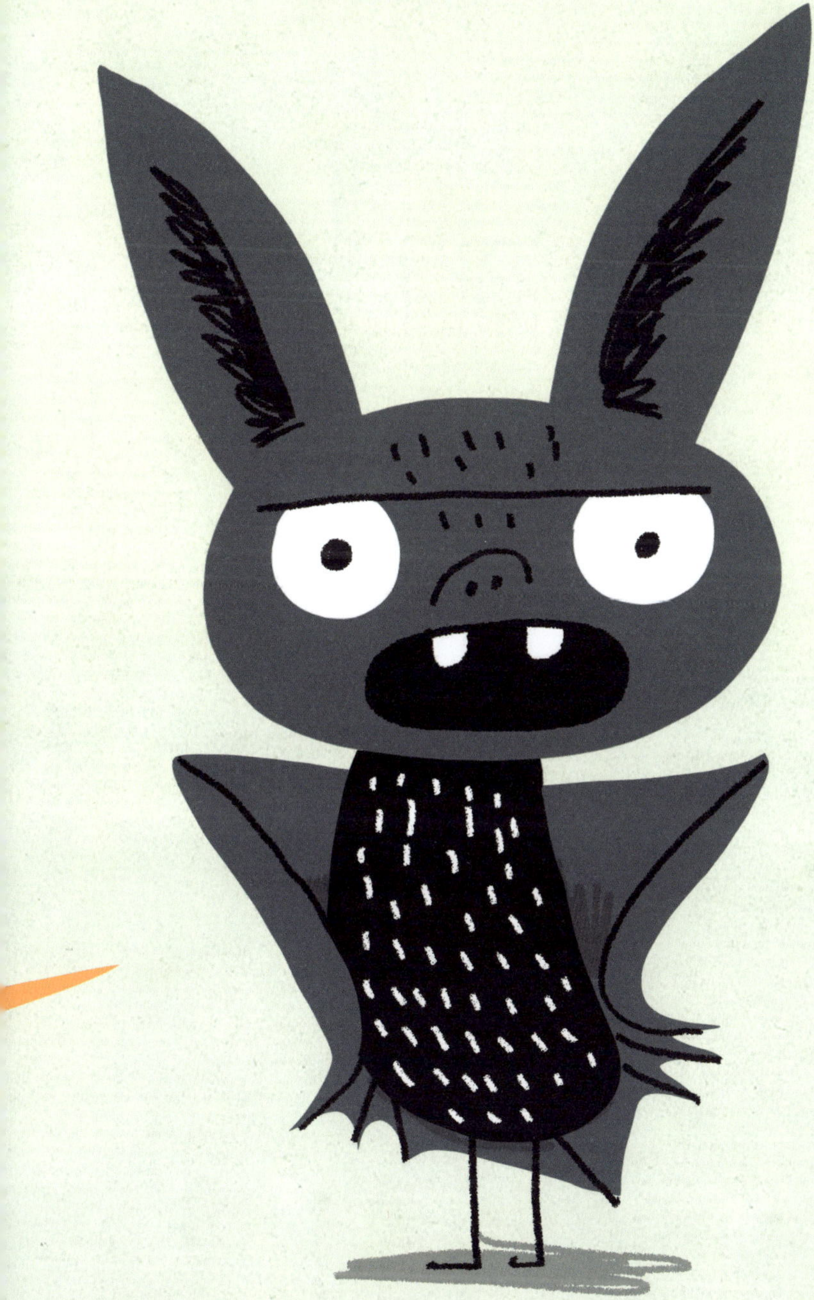

蝙蝠在

大自然

中扮演着非常重要的角色。

那些以水果为食的蝙蝠可以帮助植物传播种子；以花蜜为食的蝙蝠可以传播花粉，就像蜜蜂一样；以害虫为食的蝙蝠可以保护庄稼。有了它们的帮助，人类可以少用很多杀虫剂。

你们应该给我发**工资**！

坏消息是，许多种类的蝙蝠已濒临

灭绝。

因此，我们必须保护好它们的栖息地，给它们提供休息的地方，也不在它们冬眠时去打扰它们。

砰！

哐当！

轰隆！
哈哈哈！

咔嚓！

啪！

啪！

哐当！
哐当！

丁零零！

我睡不着觉了！人类太吵了！

下次见到蝙蝠时，请不要

打扰

它，让它继续打呼噜吧！因为蝙蝠是我们的朋友。

呼噜噜，呼噜噜。

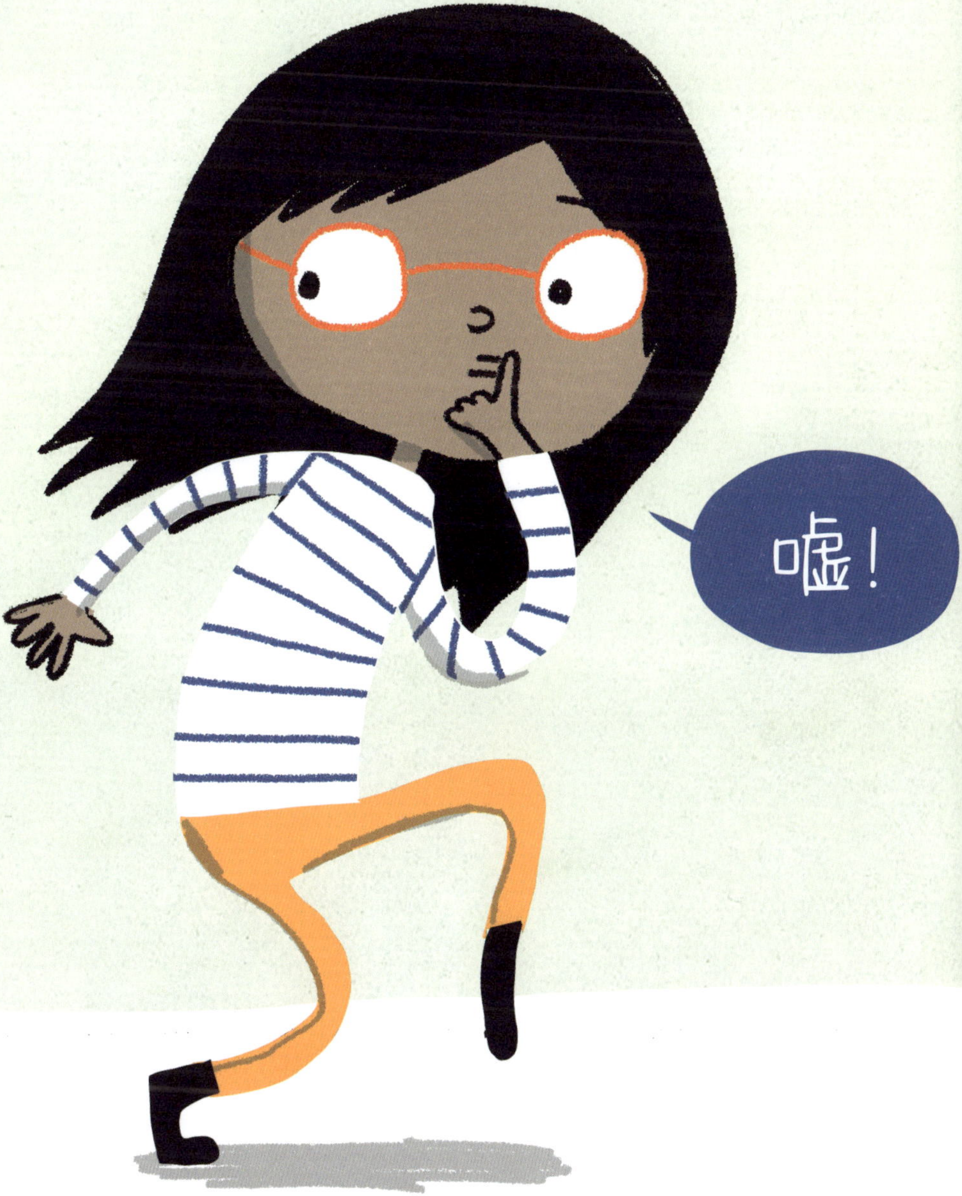
嘘！

蝙蝠小档案

独特之处 唯一会飞翔的哺乳动物。

食物 常吃的食物是昆虫,有的蝙蝠还吃水果等。

特长 倒挂着睡觉!

蝙蝠是你有点儿恶心的动物邻居,看起来让人害怕。
它其实并不可怕……